倒读青春

DAO DU QING CHUN

赵常丽 著

西北大学出版社

图书在版编目（C I P）数据

倒读青春 / 赵常丽著. -- 西安 : 西北大学出版社，2018.8
ISBN 978-7-5604-4239-6

Ⅰ. ①倒… Ⅱ. ①赵… Ⅲ. ①散文诗－诗集－中国－当代 Ⅳ. ①I227

中国版本图书馆CIP数据核字（2018）第205725号

倒读青春

作　　者　赵常丽
整体设计　陕西智联鑫文化传媒有限公司
出版发行　西北大学出版社
经　　销　新华书店
印　　刷　陕西向阳印务有限公司
开　　本　1/16
字　　数　132千
印　　张　11.5
版　　次　2018年8月第1版　2018年8月第1次印刷
书　　号　ISBN 978-7-5604-4239-6
定　　价　55.00元

自　序

坐在时间的反光镜里，倒读。

我的路，更像一本校园书。

所有的遇见，都是温暖、有趣、美好……就连丢在风中的拙作，也被发小捡起记忆。

亲友为我收藏了昨天。我也认真书写着今天。

少年梦想军营，中年盼望支教，从来不敢高攀文坛。

诗人或者作家，要求精神高贵、思想独立和物欲知足；需要在泥水里体验，推着历史的巨轮，行走在时代的前沿，坚守内心的定力；还要夜以继日地淘洗，将思想火花揉搓调和，经过生活吸尘器和智慧过滤器后，用慎独的血汗，浇灌文字的情绪，绽放出人类家园永不凋谢的雪莲。

艰苦的重担、纯真的素心、无悔的奉献，这些高配置要求，我都不具备。我的修为，也缺少在文字中提炼和穿透的力量。自知像低处的兰花，向往与挂在高处的玉兰，来一场心灵对话。只听天籁，不食烟火，默契无语。

正是这样的诗心，让我身处繁华不惊心，面对横财不动心，保持着在闹市里的宁静和简约。迷茫时，《毛泽东诗选》和泰戈尔、普希金、惠特曼等的作品云集枕边。让我在困惑中顿悟，黑夜里不觉寂寞，苦行时享受独处。诗词带给人的精神愉悦和自救功能，是任何物质财富无法取代的。在逐利追名的现实中，诗歌是文学的异类，它贫困得一文不值而被人远离，也很难找到认同感。然而，诗歌在人类长河里引发的情绪和鸣，让我没有理由轻视它，反而更加敬畏仰望它。

诗歌是没有国界、不分民族的，它是穿越时空的利剑，又是滋润心灵的花香，更是看不见航线的灯塔。从古到今，尤其是中华民族诗词的艺术修炼、审美情趣和智慧精粹，在社会发展中彰显的感化、持久和深远的无形力量，瞬间让读者区分书香的无价和黄金的有价。因此，我要坚持在现代新诗词的各派云雾谜团、让人眼花缭乱的七嘴八舌里打坐。在纯真的诗词天地下沉静低吟，歌唱它干净的灵魂和高雅的风骨。

我是在虎爸肩上长大的姑娘，是结婚后相夫教子的家庭主妇。职场上，迎接风雨；独处时，喜欢文学。自幼不喜欢别人喊我才女、神童和诗人，因为天道酬勤，天上根本不会掉文章。喜欢文字，是从幼童开始，由父母打磨训练，加之成人后不断自学进修，然自觉至今愧对爱我的众亲师友厚望。

走在新闻路上，聆听梵音清唱，俯拾小草情趣。唯恐掌上的花，在浮躁中枯萎。人生就是《多变的位置》，我遇上了好时代，又遇上宽容的读者，就必须用心种文字，感恩滋养灵魂的大地。

遥想1992年，由恩师耿翔作序、父亲亲自整理的《永远的屋子》，到处童言无忌，至今羞于见人。

如果青春是一本书，我想在金秋捡回从前的样子，对接时光里的自己。感谢恩师、亲友、同事和上司，你们的影子，都在故乡和长安的皓月下，足足让我幸福一生。是你们，让我有出发的勇气和回味的美食。

《倒读青春》，收集的是我8岁到29岁的小嫩文；诗集《尘上荷影》和散文随笔《湖岸记事》，收集的是我30岁到49岁的心弦之音与采访手记。学海无涯，自知单纯肤浅，期待大家指正。

愿倒读归来，诗心少年，青春无悔。

2018.1.15.

目录 contents

第二章　看见青春

第三章 站在水中

第四章　特别时光

第六章　童心涂鸦

相关评论

第一章——天趣自然

荷语（组诗）

其一·月韵

以花的方式
落进山的怀抱

静静的明眸
无法接近太阳的温度
开成深夜独秀
在无人的角落
用禅意感悟天地
今生今世
有谁能与你共舞

其二·看荷

我的眼里装着山水
背包里也装满真善美
我被雨带进莲池照镜子
那一颗落在尘上的心
跳动着对荷的爱

其三·因果

有些淡雅的花
在初夏结成圆果
虔诚地守望
像游子热恋着故乡
也很像我，每天想象

其四·回归

五月的灵魂
最爱飞翔
繁花灿烂的日子
寻找梦种植的土壤
故乡的山水
汇成生命的颜色
映满一弯湖水
用月亮
守候儿时的记忆

其五·水性

临水而立
总有一些影子
若隐若现
倾听水声
柔波就随之起伏

有人正在石榴树下
种植九月的玫瑰
一位水性女子
对着开满红莲的池边
梳理雨季

其六·雪语

谁的声音从天边飘来
落入泥土中
静如月华的深潭
长满女子的心思
一层一层，被雪裹着
晶莹得无法复制
所有的鸟儿都飞了
只有人和树面对面站着
不言不语

1995年8月15日写于重庆

收　藏

晨曦给时间
描了淡淡的眉
若即若离
岁月将记忆
留给朴素的脸
人就不会妆饰

因为恋着真实
所以收藏最初
因为害怕烫伤
所以收藏太阳
一层一层
秘密折叠的影子
轻轻投进心底

回　味

我将梅丢了
丢在冬天的某一夜
丢在回家的小路上
这一刻
我想将自己整个归零
潜入泥土
微弱的嫩芽
等待春风吹来
就站成故乡村庄
两棵幼苗
静静地
什么都不去想
等待相逢的路口
回味生命里
开过的那朵香

香 眠

一根根神经
在寒冬里
瘦成衰草枯枝
用绸丝做一个
白色的茧
躲进去取暖
收听森林里的风
抱着木头的火炉
和吹口哨的温泉
人就枕起雪花入眠

裹起香

飞鸟，衔来梦中信物
鸽子划过时留下快乐的音符
湛蓝的天空下
我是湖中那永远的荷

淡淡的香
静静飘向头顶的云朵
躲开繁花茂叶
拂去尘土噪音
遥望云朵外炽热的太阳
在生命的温度中
常常害怕自己被烫伤

纤弱的枝叶
无法承载风雨的重量
就躲在荷叶下
细剪梦的衣裳

莲心幽幽

从唐诗宋词里醒来
告别梨花带雨的小镇
我撑起油纸伞
在江南的青石板上梳理思绪

守望的日子
像丁香一样古典雅致
可我不是丁香
而是今生今世注定的一朵莲
淡淡的清香，飘满湖心
在最美的花季选择了寻觅

走过山城，默默寻觅
轻柔的脚步没有留下一丝痕迹
驼铃声声的沙漠
成了遥远陌生的回忆

行走在无垠的草原上
单薄的肩遮挡着风风雨雨
是莲，就要做莲的美丽

即使枯萎在大地
也不愿追赶热闹的蜂蝶
就在最安静的一隅
用前世修来的情缘
无怨无悔地
守望一生一世

习　惯

已经习惯
静静地来
静静地去
就像在人群里
沉默面对
多少年前
那些来来去去

爱上山水
却不惊动风景
喜欢简约
就注定今生这样
安静地生活
心中的涟漪
比湖水还要多

又一次

用沉默解读自己
在你必经的路口
一次又一次
看着雪域高原上
那一朵莲

纤弱的身体
无法支撑半点果敢
就只能这样
一次又一次
拨动心弦日日夜夜

有意无意

让一杯咖啡
融化成年的忧虑
蓝色的月光，飘成
缕缕回忆

水晶心开着玫瑰
城市的噪音
加进安静的思绪

青春随岁月远去
背影里是成年的美丽

咖啡正浸泡从容的高贵
不慌也不忙
面对时空的有意无意

养　心

连绵的雨
打湿炽热的太阳
月亮早早入睡
他们梦见星空
他们梦见土地
今夜　只有落叶
轻吟低语，来谢秋季
这场细细的雨
让所有的生命静下来
品味成熟的滋味

翻开《黄帝内经》
领悟阴阳平衡
心与心做一次
最善美的对话
就在这静静的夜里

享　受

月亮将清辉
一边给星空
一边给大地
花儿将香露
一些送蜜蜂
一些送泥土

温馨的梦境
一半留故乡
一半留他乡
默默回眸时
山水总是相偎
时光还是那么美

匆　匆

来不及思考
十月就匆匆离去
转眼站进冬季

深秋让万物重叠
纷纷成片片落叶
铺满霜天寒地

等待雪花飘飘
祈祷平安的素心
宁静如初

山水依依

这里不需要声音
阳光用安静的吻
感动每一朵花草
连同叶瓣柔颈上
温情的露珠

溪水在行程中
唱着欢乐的歌谣
离不开山的怀抱
总是变换着角度
将心思印进青苔

有鸟飞近飞远
闲云独自漫天时
有人默默不语
用自己的方式
看山看水

有云飘过

梦在远方
飘成带雨的云
独自撑起花纸伞
渐行渐远

淡淡的思绪
揉进一池浮萍
飞鸟划过时
正是梅雨天气

湖　水

晨光推开天窗
泛着红晕的湖水
折射一抹心思
太阳在湖水中央
细读丝绸的金波
就是最美的新娘
心交给湖水
有一些滚烫融化在梦乡
满眼的丝绸
搭乘飞翔的翅膀
在水面留下红荷与太阳

梅 朵

热闹过后
耳朵悠闲起来
空中流淌的阳光
吻开梅朵的声音
雪正在洁白着
花样年华
裹满枝头
看看梅，可以忘记一些事
可以想想一个人
可以自己和自己
在对话中安静下来

白 雪

飞舞的水晶
是天空落下的花蕊
是村庄孩子的心
打开的童话
在南方
走不出雪花的情绪
是大地送给妈妈
取暖的棉花
夜夜飘进老家

小　语

液体，一滴一滴
进入血管
浸透筋络
就像往事点点
萦绕身心
有些痛有些酸

朦胧的梦在针尖
隐隐的苦
淡淡的甜
如花如烟
等待春天

诗　意

初冬的夜里
一只会飞的蝴蝶结
停在温暖的手心
感受远去的风景

静谧的森林里
落红铺成美丽的地毯
一只木与另一只木
正在找寻共同的根

天趣自然

向往一缕炊烟
飘着家园的温暖
向往一条小河
汇成朴素的堤岸
向往一弯月亮
挂在空灵的天边
向往一处山坡
开满无名的花瓣
向往一个村庄
保存古老的瓦片

向往村庄里
那些萤火，蜻蜓，布谷
和庄稼人的脸
向往森林里
那些花草，露珠，叶子
用生命最初的纯真
默默解读自然
向往夕阳下
天籁的声音
静静升起落下

向往树枝上
两只相依的鸟儿

为了春色，一只凝望星空
一只守护泥土
向往幽径里， 两双脚印
一双印满记忆
一双印满寻觅
朝着那向往走去

无　意

蜡梅还没开
你就把春天领回家
燕子送来画笔
我用山水开始调色
画马，画鸟
唯独没有画眼泪

第二章 看见青春

开在湖畔

桑蚕丝

我乘风儿飘来

构思四月

春的感觉

……

开在湖畔

南国的味道
来到春天
打进了渭城朝雨
阳光下的舞蹈
将春色染得更浓绿

寻梦，醉入草中
与花儿为伍
小河在湖畔飞翔
笑盈盈的蝴蝶
爱上春色

桑蚕丝

寻觅古镇的月亮
就让心思一段一段
挂在精致的丝绸里
记忆中的桨声
摇曳温情的荷香

撑一把绣花伞
安静时独自寻觅
那舒心的桑蚕丝
就像传说中的江南女子
在小桥流水中柔美

我乘风儿飘来

昨夜，夏荷在月光下低语
讲述着春天的故事
风儿路过时
流淌的碧绿和粉色
一泻千里
融化了飘飘素裹的女子

舒展的衣袖轻柔地
摇摆莲一样的手臂
用灵巧的指尖
捧起眼泪滚成的红豆
撒在蔓延的叶茎上

春天呵，原谅我姗姗来迟
错过烂漫的花季
在生长成熟的日子
用古典的方式
追忆过去

构思四月

春天穿起彩裙
轻盈地爱着
属于自己的节气
叶子翠绿地携着细雨
伴着绵绵柳絮
铺满四月花径
美丽着少女的梦

只想香眠给每个花蕊
等风儿轻轻吹来
化蝶，在原野飞来飞去
直到太阳离去
独自回忆

春的感觉

在你的天地
我明白冬天的等待
是一次美丽的逃避
走进你温情的世界
感受久违的心跳

不需要想象得太多
不必沉默季节的交错
就掀起红红的纱巾
牵着灿烂的花朵
体味生命的燃烧

约　会

枯燥了一冬的梦
张开双臂
解冻的小溪
滋润着少女的心
拥抱欲飞的蝴蝶蜻蜓
在原野，在空中
一只蜜蜂和一只蜜蜂热吻
一朵花和一朵花重逢
一双眼和一双眼约定

在七月

红红的连衣裙
裹满少女的心思
蛰伏了千年的羞涩
用双眸与阳光开始互动

走进七月，久违的情绪
红火是本色
在七月，向着烈焰表白
所有的细胞都在生长
所有的梦想都在绽放

七月牵着最怕冷的人
在原野，在江河，在大地

像葵花那样

秋天的土地
被凡·高的向日葵
染成一片片金色诗行
走在原野的女子
将甜甜的心思
挂进葵花的脸庞
永远那样笑着向上

她不会忧郁彷徨
总是向着灿烂的太阳
安静地守望着自己
又将青涩的果实烤香
她深深地爱着太阳
又怕自己被高温烫伤
她用轻柔的面纱挡住强光
在月光下，回忆太阳的模样
神秘地向着远方
欲在天空飞翔

今　夜

夜无语
花无言
清辉照心间

天无边
人无眠
玉盘月儿圆

桂酒甜
嫦娥怨
后羿不相见

庄稼的姿势

走近土地
才知道庄稼的颜色
为什么如此深邃

油菜花用炽热的爱
吻醒春天
与禾苗一起
点燃丰收的心情

麦苗总是掀开冰雪
迎着风雨
在阳光下抽穗
颗粒染黄土地

高粱和玉米
挺着胸膛
站成北方人倔强的性格
坚持繁衍不息

泪静静地流

总在这个日子
就想起外婆的纺车
不知疲倦地摇唱
摇开那一树梨香
甜蜜童年的梦想

留下少女的我
您永远地守着山岗
叮咛我走向远方

城市的繁华
挡不住对您与故乡的思念
伴着花香的笑容
拂去我脆弱时的忧伤
望着天堂，您的慈祥
泪水已浸湿了心房

老　家

那一股麦香
可是故乡特有的味道
喝惯了母亲烧开的井水
我的梦总在回家的路上

田野的庄稼
就像父老的胡茬
年年月月
割了又长，长了又割
浓缩庄稼人的希望

山径上的打豌花花
绽放牧童的翅膀
村头的大柳树下
摇曳着青葱的梦想

掬起涝池里的水
回家的人就一起醉进月光

一朵桃花

拨开沉重的冬
我要迎着寒风
去寻找那一朵
羞得最红的桃花
然后让明月带走香瓣
撒下桃林一片
迟来的春，你可知道
大地需要温馨

花开的时候

古典弥漫的中原
裹着花开的声音
细雨轻柔无言的唇
含羞在热恋中
开成姹紫嫣红
浓郁着大地的眼睛

有多少日子
这样静静倾听
倾听花开的声音
有多少等待
这样细细品味
品味花瓣的含情
走不出花开的情结
枕着醉人花香
一路芬芳梦里家乡

我说过

我不想哭
可还未转身
泪已浸湿了衣衫
谁让我是水做的女人
一哭，就哭成古典
站在历史的岸边
风凄凄，雨潇潇

六月的天空
布满了阴云开始飘雪
荷心被寒流包裹
泪汇成湖水

每一朵花儿

采一束月光
拂去手掌的尘埃
让她和我一起
开成圣洁的花儿
沐浴在温柔的春夜
轻言细语

我要提着花篮
赶在黎明前
去唤醒每一朵花儿
和我一起吻香泥土
然后衣袂飘飘
飞翔在花丛里

蝴蝶正在伴舞
盛开的杏花
吹着喜庆的唢呐
我和花儿一起
乘着春天的花轿

素　心

总在微寒时
以素洁的天姿
悄然笑立花丛中
心蕊深处藏满热情

不求阳光的惠顾
不盼月亮的滋润
就让隐隐的风
吹拂那幽香的梦

冷 暖

走在冰天雪地
看见一团火苗
有暖暖的感觉
寒流无情袭来
笑脸迎接酷冷

风花雷雨雪月
交织变幻莫测
备好御寒的棉
过个温馨的冬

说给春

你神秘的隐身
让我翻山越岭
穿越无数时空
身体挂在雨中
困境中
有点苦，有点甜
想回到那年

我只要一束花儿

告别老家的那一刻
我就成了数星星的女孩
边走边悟，年年月月
始终读不懂天空的眼睛

离开热闹的城市
发现森林
总是躲在人群的背后
遍地的花草
面对莲心荷意的姑娘
努力地笑成星河

无垠的苍穹下
谛听云水鸟声
为了那份简单的美丽
宁愿独自站在风中
也要默默远离繁花似锦

也许选择就这样朦朦胧胧
也许珍惜才是守望的理由
也许从严父慈母手心起飞时
就裹满了淡泊从容

永远的布

华美的丝绸
耀眼的桂冠
在绽放的季节
纷纷旋转飘动
低首回眸间
属于自己的
永远是落地时
裹着生命的布

舞台有多大
天空有多高
不愿费心思考
轻轻弯下腰
虔诚地细理
娘给的胎布
裹起瘦弱的肩
在泥土上慢行

相　约

雪花举起花蕾
从湖边出发
一路飘来
梦飞的翅膀

因为，多看了一眼
你就来到我身边
唤醒枝间的春蕾
等待群花约会

第三章——站在水中

除夕听钟
站在水中
远　村
错　觉
追赶太阳
……

除夕听钟

岁月潮湿眼帘
眸子里泪花点点
揭开褪色的相册
有些模糊难辨

整个声音齐涌耳膜
又是终点光临
起点已隔在回头岸边

当迷失的鸟滑过天际
我正临崖而立
祈祷除夕钟声

无法拒绝万丈深渊
退缩更是灵魂的背叛
就任上帝批准
我再选择急流
让奇遇潜入水中生根
把长长的故事讲出

除夕听钟
一个人，也难得宁静
该去的都去
该来的还是未知数

堆积的疑问，辐射多角度
回答我鞭炮炸伤的题目

跨入思考的门槛
害怕想起却抹不掉痕迹
走进人群还是少女
心田不断萌发绿芽
借阳光美化片片植物

幼林早被记忆带走
荷叶浸泡不解的残梦
和梅雨搅拌，一起滚动
在年年到来的除夕
祈祷钟声临崖而立

悬崖上幸存几颗枯树
枯树下幸存几颗落果
所有失去的都归结良心
或许得之遥遥无期
也要捡起敲碎的时辰
在除夕上路
去听下一个钟声

发表于《秦都》1990年第12期

站在水中

走进水中
脚趾痒痒的，脚趾一痒痒
身子变成了荷枝

那绿的荷叶
扶不出头顶绽放的一朵荷花

荷根下蝌蚪追逐
鱼呢

发表于《星星诗刊》1992年第11期

远　村

从禅境
不小心掉进一个
地方

有位小红帽
碰见了阿里巴巴
在沙漠里，种出绿洲
与骆驼摇响童话之心

这里的冬天不下雪

走吧，一程兼一程
走过寒夜
远方就是那个村

错　觉

目击长空
大鹏振翼
当利箭告别劲弓
我问苍穹

心入雪境
为何要在站台上
惊魂一生

追赶太阳

带着变色的笑
上了这山过了那河
我摇摇头
还是笑笑

行路，只顾向前
直到山雨打湿
直到山风吹瘦
身躯拧成一把柴
被牧马人驮走

思绪熬成浓液
浇注带血的马蹄
蹄印，烙进原始
再从古老中拔出
让所有沐浴自然
感悟天地的灵性

远处霞光跳动
托着一轮朝阳
瞬间，身躯燃成一团火
随马疾驰

1991年12月1日写于华山，被《陕西女诗人》首卷收藏

花　葬

步入修行之旅
走过了北方，走南方
回到小屋内，兰花呢
盆花正在哭泣

掬起一堆花魂
让死亡定律在指尖颤动
突然想起水葬或火化

关中道上，墓冢一堆一堆
湮没前世今生，帝王将相
捏着花的命运
我又想起了什么

1992年3月28日写于咸阳

走向云

心思随月亮缺圆
向往同太阳生长
当梦幻
进入云朵

我看到
每张脸模模糊糊
我听见
许多声音哭喊爸妈

一种欲望
拨开浓雾
让我做个善良的姐姐
一种声音升起
伴随熟悉的陌生

我缩回双手
在云海中感受孤独

荒　土

花季的兰，荷
让手中的玉米滚成红豆
落到南国

站在黄土地
瞭望草原飞驰的马儿
我被四季风循环着吹绿

心已疲惫
才发现自己的脚下
踩着一片没有种子的土地

发表于《山西日报》1992年4月6日

故　事

在荒漠上
拾到一只电灯泡
里面乌黑

同行者说
那是废品
我看它外面光亮
弃之可惜

关于这只电灯泡
我们争论了一个世纪

发表于《延河》1994年第12期

拜访女皇

去乾陵那天
我与无字碑站在一起
望着女皇玉体双乳
矜持地也在无语

女王，你是不让须眉
还是一块不愿发言的碑
我啊，站在石头上
永远是个不懂事的少女

写于1990年生日

执 着

离开故园
碰到梅雨，走在东南西北
我的心田
疯长成北大荒
覆盖所有的废墟

用自己的肩
独自撑个天
风一城，雨一地
风雨兼程，只顾前行
也不借谁保护伞

发表于《安徽日报》1993年12月6日

怀　旧

历史的脚步
在这里沉重敲响
凝固的岁月
不再重奏沸腾

面对大海与沙漠
想着一个雨花石
正被海水淹没追赶

在南方
背起沉默的荷叶
东奔而走看人演戏
难得一静，已经不知
家在何方

高　度

雪花以颤抖的方式
落进太阳的瞳孔
我看见一双眼睛
正盯着
太阳和雪花

那是山地里长大的高度
有着海拔无法丈量的视线
站在冬季，也在夏天
你读不懂，就别乱猜

发表于《南方周末》1992年11月2日

看伟人

以山的姿态
禅坐在湘江的雨夜
弹指间巨石细碎

一个伟人站起
灵光四射　面水而立
指点江山

海浪滚滚
伟人笑着招手走来

发表于《湖南教育报》1993年8月8日

雾都行

找不见方向
一个雾的传说
将我带到巴山蜀水

头顶毒阳
坐在雨中看天外天

时光穿过浓雾
情思已结在石岩上
与苔迹交织

1995年7月20日写于重庆

药为伴

看水的日子
沉醉不知归路
欲呼清月照心城
欲唤雨花来送行

风一程，雪一程
冰霜过后人已瘦
冷淡了，书画棋琴
抱着药瓶等黎明

1995年5月5日写于长江三峡

心　迹

说不清
是否该走
走到哪里恰到好处

珍藏的小蝴蝶
没有翅膀也在飞翔
不知道嘉陵江
常常，停在水边

让整个身体靠在江南
心思高过云层
人还站在荒原

笑一笑

渭河摆渡
雁鸣，云淡，菊静
古城夕照
怎觅得芦苇芳草
更几番风雨
瘦了女王秦皇

冷艳，穿透地球
见潮起潮落
默默面对
来来去去的蚊蝇
才郎千古傲
青山流水笑

别　致

我的吉他被摔成
你送来的玫瑰
装饰结局

那古典的台钟
走不出和弦
却总是分秒无误
屋内的东西
不论旧还是破碎
都是一种别致

不是所有的失去都可惜
不是所有的记忆都抹不去
忘却也是永远的美丽

发表于《南方周末》1992年8月8日

安　静

把世界挤压
进脑袋时
有点不安

找个地方坐下
让肌肤如何静静长大
只请一杯水
与人对答

玉女峰

停滞的思维
插入流动的人群
一个声音呼唤
手中的玫瑰

刚转身 人就成玉女峰
站在天涯海角
体会乡愁

1995年8月2日写于湖北

第四章——特别时光

等你一生

远　方

想起一个人

哭成古典

有一种感觉

……

等你一生

沿着晚秋
熟读落叶上写满的思念
你会不会骑着白马赶到
正瞄见我红红的纱巾

潼关的风瑟瑟，夜漫漫
我在中原走了一年又一年
只为等你

等你，不知道你的模样
等你，说不清你的好恶

伫立荒原忘却所有
更猜不出你的半点
捏一把黄土
让帝王之气透入手心
我又返回青梅架下等你

等你一起煮酒
只论环肥燕瘦

1991年5月8日写于咸阳

远　方

听说
走出小潭
远方有海洋
勇敢的船长迎着风浪
托着永不失落的太阳

冰冻的心田
在传说中融化成小溪
随幽路而去
追寻那片远方

发表于《延安文学》1991年第5期

想起一个人

北方起风时
就想起南方的雨
点点是数不清的泪

那时太傻太傻
将手中的小伞收起
在雨中独去
从此，我飘成浮萍
在一池水中
任南来北往的蝌蚪穿行

发表于《延安文学》1994年第2、3期合刊

哭成古典

无法破译
千年双眸
凝聚的瞬间
从追寻到逃避
由逃避到追寻
风霜染肩
笑不成欢
我哭了，为一个女人
哭成古典

与祖先打磨的石器
站进历史
展开一场关于女人的话题

你来了
随游者而至
以考古的方式
试图揭开女人的秘籍

我啊，欲说不能
不能欲说

用泪当音符
让秋叶伴舞
为君送行

有一种感觉

有一种感觉
如强壮的臂
支撑无力的身体

软弱的心
恰似小鹿
如果山野没有猎人
只有这么一种感觉

正是这么一种感觉
心不再孤单

发表于《江海诗词》1992年第5期

五　月

窗还是那窗
房还是那房
放眼四望
处处山高水长

五月呵，温情的世界
人的血管发胀
我聆听，衣内的脂肪增长
这个季节
错还是对
将身影照得走样
此刻的门窗
越变越亮
我的感觉跟着宽广

看天地合一
想霸王别姬
去的去，来的来
生态永远年轻

五月牵着我
走出小屋

走向大地
找一个地方
我变成绵羊
阳光下，筋骨随草再强壮

发表于《延安文学》1991年第2期

雨　季

敲门，推门
进去好闷

推门，开门
又见一片雨林

开门，关门
里面好闷

秘　密

你与七月
一起走过
害怕燃烧
我用久积的冰雪
覆盖住滚烫

你的热量
融化冷漠的冬
揭开春季
我藏在绿叶中
开始与星星游戏

发表于《广西日报》1990年3月8日

摇　梦

夜幕降下
思绪便燃起
那准时敲打的铃
振动心弦
找不到一间小屋

曾经，欲拿话筒
步又停
执着的铃
摇响半世纪的梦

沉睡，清醒
是不是太认真

嘶哑的喉咙
再也唱不出信天游
双耳却被高山流水
过早地染红

发表于《延安文学》1993年第2、3期合刊

有个女孩

你说
思念绕成耳环
挂在教堂的门闩
她说
期盼飘成彩云
忽近忽远

谁说石头上
长不出鲜花
谁说秒针
量不出尘封的笑容
在你的呐喊中
不见，不散

发表于《秦都》1991年第2期

淡淡地

今天，很累
却没有睡意
头枕月光
躺在星河中

夜幕将人与太阳
拉得如此
遥远
笛声，吹落一树玉兰
多想采一朵花，与群花争艳
可现在任千朵万朵
随意旋转

是否，采撷者勇敢
倒下的都是懒汉
灯火阑珊
今夜，无眠

发表于《年轻人》1993年第3期

踏月送行

心情，有生以来
最好的一次
穿行在古柳间

为你细剪
远行的风景
我怕汽笛长鸣

月光直泻
无法剪断
列车走时
空气停滞
站台上的影子
是你的思念我的夜曲

发表于《西安晚报》1992年3月2日

冷

冷冷的风
冷冷的天
冷冷的雨
冷冷的夜
冷冷的心
冷冷地望
冷冷地想
你冷不冷

发表于《秦都》1991年第3期

倾听水声

坐在水边
总有许多影子
在说服不了自己的浪花中
荡来荡去

倾听水声 看十里月色
品尝久违的宁静
心中的风更加劲起

倾听水声，水是唯一的寄托
我的王子正在哪棵树下
栽种玫瑰，让梦铺满花径
寻找天趣，倾听水声
就踩着水的节拍
走进水乡，相守一生

发表于《广西日报》1992年5月2日

柑　橘

清除几个捣乱分子
让红红的色泽映射
你的世界，我的世界
一个世界

那鱼米之乡
不远不近
水果里寄藏温馨
融化北国之冬
今年的春不再麻木

1994年3月8日写于南京

伤 别

揪心的电话
或千里之外
或近如身旁
总让人忐忑难忘

千种理想
万朵向往
只有心中的玫瑰
迟迟不愿开放

如果不能同往
是否应该送别
如果不能送别
是否应该祝福未来

火车走向前方
泪水留在衣裳
人，已不动不想

发表于《延安文学》1993年第2、3期合刊

结　局

梦
将心托入云里雾里
坠落水中

禅坐的日子
纵使有人问话
也不回答
笑是唯一的句号

1993年5月1日写于上海

特别时光

飞鸟从新月中
衔来生日礼物
信鸽划过时
留下沉重的哨音

案头，落着一颗
长了二十多年的豆子
殷红，殷红
捧起时
滚成泪珠

心弦随着哨音
一唱，一合
坐久的房子
人开成一朵君子兰

发表于《文学报》1992年7月8日

昨日重现

十年前，就该和你谈谈
让带血的烟头燃起火焰
我们闪烁在蓝天

回眸间，你走得好突然
那憔悴的面孔告别视线
我的生活像冬天

所有的记忆是连绵的山川
所有的感觉是孤雁
你会不会重现，再和我谈谈

发表于《陕西广播电视报》1992年12月1日
由秦涛配音，大山作曲并朗诵

你摇着船把我带走

我缩成一叶花瓣
你就用荷枝编一只船
将我从陆地带到海岸

谛听天籁的心脏
让月亮把我们当鱼饵
去钓一串涛声波浪

我再用红红的花瓣
染香整个白昼
你就成蜜蜂感受所有的温柔

发表于《延河》1993年第12期

心　语

昨天将心封住
独坐一处

今天给心贴上邮票
寄到四方

千里之外
有个骑马的王子
我在荷乡，他在船上

发表于《湖南日报》1992年6月2日

吉　他

六根弦上
拨不出跳动的音符
是谁，是谁
损坏我的吉他
那是我说话的伙伴

我的伙伴
一边是诗，一边是歌

一半在夜里
一半在雾里
半梦半醒里
看着古老的风景

发表于《秦都》1992年第3期

向　河

将相思
分成两半
一半在北
一半在南

悠长的雨季
孕育出黄连一株
泡成饮料
日子随之变味

将黄连与根一起
扔向河水
在一片净土上
边走边唱

1991年2月15日写于延安

迟到的眼睛

一双疲惫的鞋
穿过沙漠
进入江南

莲池，飘出笑语
摇落肩头的尘粒
披起云的衣裳
迈开双脚
攀登梦的天梯

你的目光
拉长我的影子
背，烧得好烫
却不敢回望

发表于《延河》1994年第12期

想那小船

独坐窗前
看花开花落
留去无意有意
听雨打文竹
丁香是泪非泪

像雾像风
任一朵蒲公英
飘来飘去，几十个春秋
远远近近
想那小船划过
一片星河
或闪烁或静默

发表于《陕西日报》1991年1月17日
后《西安广播电视报》作为歌词登载

留 恋

明天就要离开
我将爱悄悄种下
一朵丁香花
一盆君子兰
还有门前的凤尾花
正飞出晶莹泪花

守望爱情

将雨淋湿的爱情
放在船长，不愿去的港湾
等待风干

以怎样的心境
遥望远去的帆
那无声的双眼
随灯，一直延伸到天边

大海啊，原谅我
不懂爱情
却时刻认真地阅读

发表于《西安晚报》1992年6月12日

今夜荷香

我将自己扮成
粉色的新娘
站在湖水中央

你嗒嗒的马蹄
穿过我少女的记忆
装饰今夜的梦乡
曾以为
含苞欲放是我最美的姿势
却未料，你的热量
融化所有的芬芳
醉了池塘

1992年7月11日写于南京

花儿与少年

沉睡了千年的花蕾
在田野里突然绽放
天空是她永远的向往
太阳是她许久的梦想

时光总是那么亲和
将花儿与太阳拉近
近得用光芒对望

你有你的辉煌
她有她的清香
春天的风景里
少不了花儿与太阳

1993年7月11日写于北京
收录于首届《陕西女作家·诗歌卷》

红纱巾

站在大树前
望着伟岸的躯干
多想将红红的纱巾
轻轻系在高高的枝头

我就变成小小鸟
钻进茂密的叶间
寻觅春天的感觉
然后快活地鸣叫着
筑造向往已久的归巢

1993年7月11日写于北京
收录于首届《陕西女作家·诗歌卷》

致太阳

总怕你的高度
烫伤我的弱小

用冷漠掩饰心中的起伏
距离却挡不住思考的脚步

云里梦里
月华总伴你齐飞共舞

1993年7月11日写于北京
收录于首届《陕西女作家·诗歌卷》

江南行

青鸟不报云外音，
红莲空结水中亭。
正是桂花吐香时，
金陵台上独自吟。

发表于《江海诗词》1992年第6期

问　天

我欲圆梦驻山城，
白天奔走夜伴灯。
醒来独看嘉陵江，
天涯何处是归程？

发表于《江海诗词》1993年第5期

中 秋

去年赏月金陵台，
今夜看雨长江边。
又是亲人欢聚时，
独在天涯盼团圆。

发表于《江海诗词》1993年第5期

山妹子

山妹子的头轻轻一摆
绿云就开始翻滚，如涛的
乌发上刚停落彩蝶
手中的鞋底
就纳成一行行玉米地

山妹子随喜鹊唱着，和谷子笑着
高粱地里有个小伙子汗流浃背
山妹子端起水杯走向高粱

天边树枝划破夕阳
溅得山妹子红成高粱
与胸前的纱巾摇成了高粱花

月亮出来偷看时
山妹子正踩着影子数着
唢呐响起的日子

发表于《诗潮》1990年第5期

梦回故园

童年的梦落进草坪
被鸟儿衔到都市
随青春的向往一起生根
直入故园

小路边
黑葡萄还像兰花花的双眼
信天游染得野苜蓿发紫
二虎哥看见
大红盖头飘起来
心跳得像飞跑的小兔子

田野里
长满父亲的胡茬
经过四季的种植
写出庄稼汉长长的诗篇
密密匝匝，被诗翻开，抖落乡间

伸开双臂
望着浓厚的汗水，以臂当镰刀
又一次重回麦地

与亲人收割胸中墨水
好像米酒飘起

久居闹区，看不见麦子
吃不到酸枣
便遥望杜梨

山沟沟开花时
掬一口溪水
唢呐，迎来送去一个个
农家女
久藏的秘密讲出时
脸红得像一堆苹果

人和自然连接成
乡音，弹着一组恋曲

发表于《湖南教育报》1992年10月1日

麦　地

汗珠，从男人的睫毛上落下
在黄土地里长成
一片麦浪

纳鞋的女人
听见布谷歌声
拿起镰刀
去收割新一轮希望

发表于《绿风》1991年第12期

独走天涯

昨夜的雨，下在故乡
我在北京看雪
故乡早裹起银装
炊烟，还在断断续续

母亲抱着干柴
沿外婆的脚印
用薪火燃开一个冬季

每双眼都烤得发红
父亲额头结满的冰花
开始掉落
有一些掉进泥土
有一些滋润下巴

走出窑洞
母亲的头发长成村边的古柳
父亲的胡须
长成山中的浓荫
夕阳滑向枯井里，在老家
有人依旧割草，喂牛

我在长城望父母
望着北国风光
想告别一群打江山的人
独自再去找，另一种风景

发表于《诗潮》1991年第3期

故园之恋

让感觉
走进高粱地
脸就跟着红成一片

肩上的行囊，装的都是江南雨
正被西北风吹干

我看见
田野里，新房站成行

带着儿时的迷惑
采一朵打碗花花
拿回家真能打破碗吗

父亲的手
捧着艰难的笑
我停在江南水乡里
与乡亲采集黄土地
不想远离

发表于《湖南日报》1992年2月13日

母 亲

背起所有的沉重
藏着满腹的情绪
在来来往往的人群中
留一份平静

将昨日的忧伤
梳理成甜甜的童谣
边走边唱

纵使风雨无情
也要为孩子
撑开一片晴朗的天空

发表于《健康导报》1999年1月20日

第五章——阿丽空间

听自然

小问题（三章）

美丽一刻（外三章）

雨中看水

春去夏来，意味着什么

……

听自然

秋天的头发
为何都是金色
冬天的头发
为何总是银色

我跟着风儿跑啊跑
夏天说，小姑娘
四季的颜色
就是生命的涂鸦
你正从春天出发

小问题（三章）

为谁守候

面对荒原，心随之延伸扩展，广漠、深沉、孤独……谁寄这荒原？

也曾引狼入境，鲜血淋淋；也曾枪林弹雨，六亲不认；也曾鸡犬相闻，谈笑风生……在这里，一个人见过黑皮肤、蓝眼睛、黄头发；在这里，一个人伸出友谊之手，也有刻骨铭心的爱；在这里，一个人自强不息，也犹豫彷徨……

喜阳春白雪，爱高山流水，人，永远是荒原上一点。只是荒原太博太大，过了这河就找不到那船，呼朋引伴是自然现象，可昼夜交替不见昨日重现。

一个人，走到哪里，哪里就是一方风景。形如山石，实如春水，年年月月奔流在荒原上，为谁滋润？为谁而歌？

丢失的马

放马牧场，对酒当歌，豪情在草原上翻腾起伏，奔驰的血液掩盖了所有的温柔。

今夜，是一只月亮船划行在星星河中。

人在似梦非梦、半醒半睡中飘飘如仙。母亲说，善良的人生病时，就有位骑马的姑娘从天而来，将一束花趁你不注意悄悄放在你的鼻尖，等你睁开眼时，她拿着花骑马又飞向苍天，不久病就痊愈了……可我就不明白，外婆一生善良无比，为何疾病累累？也许生病的善良人太多太多，那位骑马带花的姑娘总是照顾不及。

高朋满座，听到善良带来的愚弄。困惑中，我这位偏爱马的人，该怎样表达善心？清醒时，空旷的天地，除了自己，马呢？

生命匆匆

走过四季，踏上25次列车，窗外的风景是万花筒。

废墟上竖起高楼，沙漠里突现绿洲。从有到无，由无到有，踏遍青山，经历的枝节难以算计。昔日，祖先以马代步；今日，吾辈坐车飞驰。历史的经典中，有谁与山不老，与水长流？

思考，将人折磨得筋疲力尽。躺下来，躺成列车，感受生命的节奏；人再站起来，迎风而去。

以上散文诗发表于《年轻人》1993年第9期

美丽一刻（外三章）

昨日，将一把夕阳揉碎，撒向河水。

水天相交处，一层看不透的白沫，慢慢变红，随即飞出一对水鸟；不知其名，很轻很小。一前一后，在朦胧中，盘旋追逐。摆渡的船上，谁奏《梁祝》？我融化在岸边。

那一刻，如彩蝶飘舞。

“天气变了！”谛听暮归人的声音，我才发现自己的衣服太薄太薄，全身又凉又冷。

门

你曾那样地放慢脚步，悄悄来到摆着文竹的窗前，全身沾满茸茸的雪花，告诉我一路上成长的故事。

我看着你，毛茸茸的眼睛和毛茸茸的雪花，心儿随怀中白兔一起跳蹦，便推开窗户，续听美丽的童话。

接着，你举起一束带露的花草，让我放在小台灯旁，我笑着摇摇头。你轻轻问为什么？我怕小白兔损坏那朵可爱的花。

忽然，你又轻轻地问：“我可以进来吗？”我笑着摇摇头，你仍轻轻问我为什么。

我看着窗外的云，还是摇摇头，没有回答。

石　门

谁也说不清，那扇紧扣的石门，是否石窟里长出？竟然傲视群石，静静地、默默地直立了上万年。

门上，沾满了血迹，闪着汗水。勇士的凿迹，匠人的斧迹，密密匝匝、横七竖八。是箭射，是刀砍？是锤击，回音阵阵如涛，任寻游者千万次思索，连一条缝隙也敲不开。

无动于衷的顽石啊——里面藏着些什么？

回　音

我非石非门，人们从外形将我错称石门。

我与宇宙一起诞生，同时光一起生长。

耐高温严寒，这才是我的特性但并不顽固。

我的情怀，我的心愿，从不需要向任何人表露。

我的沉默才是我的歌，她与岁月同在，日月长久。

此组散文诗首发于《星期天》1992年1月29日

雨中看水

想起了火男水女，就去看水。

或许女人真是水做的，一想心事雨季就开始。

不知道有多少个女人，在雨中看过水。要不，地球上咋会聚集这么多的江河湖海？

其实，我没有见过海，但每每站在水边，就想起大海，尤其在雨中常常想起一句话：世界上最宽阔的是海洋，比海洋更宽阔的是天空，比天空更宽阔的是人的胸怀……这时又想：雨水汇河，百川归海。

有了这样的思绪，雨中看水，想哭就哭，反正泪水都要归入大海的。让潸然的忧伤，化作澎湃的壮美，这是何等的诗意！

怀抱这样的境界，又怕什么独自雨中看水？

我已习惯一个人雨中看水，偶然看见一对火男水女，或几个独自的火男水女，或三五成群的火男水女，大家在雨中看水——形成一幅难以模拟的风景画。是的，你我他互为风景，又各自增添着别人的风景。此刻，要是《断章》的作者尚在，不知又将发表些什么感觉？

雨中看水，任泪纵横，任思绪飞扬，也不必担心有火烧身——真好！

首发于《西安晚报》1993年3月8日

春去夏来，意味着什么

连日来，紧张的复习，令人有点头昏脑涨。为了轻松轻松，晚饭后，我独自来到野外。

初夏，傍晚的郊外多么迷人。

大路两旁，高高的白杨树枝繁叶茂，整齐地排成两行，形成了一条望不到尽头的绿色走廊。田野里农民正在收割油菜。草丛中盛开着各种野花，蒲公英探出毛茸茸的脑袋，仿佛在探寻什么。

一阵风儿吹来，头顶上树叶沙，沙，沙……田野里麦浪滚，滚，滚……突然，一股清香钻入鼻孔，内心甜丝丝的。

大地上的夕阳余晖，像一层奇妙的金纱。

看，蝴蝶翩翩；听，鸟语啾啾……我尽情地饱览着这醉人的大自然，顿觉轻松愉快、心旷神怡，情不自禁地唱起："我从垄上走过，年年油菜成熟，小麦泛黄；我每年夏天的傍晚来到田间，我觉得田野都有新的变样……"

又一个春去夏来的日子，明年仍会有这样的美景。然而，那是明年——我从心底里发出这样的感叹。一九八六年的这个时光还会来吗？不，永远也不会来了。

对于大自然来说，春去夏来，年年如此，但对于人来说，青春一去，就不再复返了。人生能有几度春？对于人生来说，春去夏来，到底意味着什么？

蓦地，一首诗跳入我的脑际："盛年不再来，一日难再晨。及时须勉励，岁月不待人。"

于是，我迈着轻快的步子走向学校，进了教室，又开始紧张而愉快的复习。

发表于《小记者报》1986年第12期

肥皂泡和蒲公英

一只肥皂泡，从一个小孩的吹管里诞生了。在阳光下，它扭动着漂亮的身躯，借着风儿得意地向空中上升。

忽然，肥皂泡看见一只蒲公英的“伞”，顺着风朝一片荒凉的地面降落，便大声喊：“喂！凭你的特点完全能和我一样借风而飞，要多舒服有多舒服啊，何必去那荒凉的土地上受苦呢？”

蒲公英听了，笑着说：“借风而飞，虽然舒服，但不可靠。”

“胡说！瞧我，要飞多高有多高，漂亮的身体却不会被泥土弄脏的，而你……”猛然，一阵大风吹来，把正在炫耀的肥皂泡吹得无影无踪了。

蒲公英却挺住身体，将“伞”落在贫瘠的地面，用脚使劲一蹬，深深地钻进土壤。为第二年开花结种，她开始了艰辛的生活。

发表于《咸阳报》1990年10月28日

秦始皇和小蜜蜂的传说

提起甜甜的蜜糖，人们自然就会想起辛勤的蜜蜂。在陕西长武一带，民间流传着一段关于秦始皇和蜜蜂的有趣传闻。

据说，当年秦始皇为了修筑长城，强令家家户户的平民百姓，把土放在锅里蒸熟后，再一筐一筐地送往工地，催赶民工昼夜不停地劳动。那时，成千上万的贫苦民工，由于饥寒交迫、过度疲劳，在施工中劳累而死，他们死后便被筑进城墙。举世闻名的万里长城，就是这样凝聚了劳动人民的血和泪才筑成的。

后来秦始皇死了，上帝为了惩罚他生前对百姓施行暴政的罪恶，就让他变成了小蜜蜂。经过繁衍逐渐形成了蜂群，在人间日夜不停地采花酿蜜，并吐出甜甜的蜜糖来供人享用。据说，这是秦始皇在偿还劳动人民的血泪，是他彻底悔过自新的表现。

因此，在陕西长武一带的农村，家家户户都爱养蜂。如果发现谁家蜜蜂兴旺，酿的蜜最甜最多，大家都会说，谁家的祖先过去修筑长城时遭遇也很惨。所以，因果轮换，如今的生活也就像蜂蜜一样最甜。

写于1987年暑假，

发表于《农民日报》1991年3月30日

大灰狼的哲学

从前，有一只大灰狼带着一群小灰狼，在森林中寻找食物。

一位猎人发现小灰狼中，有些长着尾巴，有些没有尾巴，他感到很奇怪。正在发愣，大灰狼已经带着小灰狼逃跑了。

它们很快回到洞里，高兴得活蹦乱跳。忽然，大灰狼问："今天，谁吃到了最美的食物？"

"当然是我！"一直没有尾巴的小灰狼说。

"还有我！"一直有尾巴的小灰狼也自豪地说。

"再有没有？"别的小灰狼都不吭声了。过了片刻，大灰狼又开始说："大家除了学会脱离危险外，还得想办法找到好吃的……"

小灰狼竖起耳朵，静静地听大灰狼在讲："为了更好的生活，我们从现在起要长出尾巴……"

写于13岁，发表于《少年月刊》1981年第3期

特殊培训

“这是什么？”零先生手拿一个红苹果问女儿。

“红苹果。”

“笨蛋！记住，这叫红气球。”零夫人不耐烦了，纠正着女儿的回答，便又出了一道题：“1+1=？”

“1+1=2。”

“1+1=0。记住，1+1=0。”零夫人有点烦躁地对两岁的女儿说。

……

原来零夫妇想要再生一个男孩，申请“准生证”的理由必须是“现在有一女，先天白痴”。为了接受计生部门的体检，他们已对女儿进行了几天的“特殊培训”，可总是改变不了女儿的思维。

零夫人临阵前忽生一计，说：“体检前给她吃些安眠药。”

“妙啊，这保证顺利过关。”零先生大受鼓舞。

体检时果然顺利过关，可至今零夫妇面对的是一个不再活泼的小天使……

发表于《咸阳报》1992年3月21日

沙龙趣拾

断　想

猫见了老鼠不逮
还在一起
为了麻将，酒瓶，鸦片喝彩
假的比真的更受宠爱
你说怪不怪

看　娶

将自己的新娘
送给了别人
看着别人娶妻
也不知错在了前思后想
美丽正忧伤

宽　容

疼痛的味道

举着带血的手
提起百年不遇的耻辱

冷静后
又觉得可笑
人是人，疯狗它算得了什么

花语九朵

老　茧

岁月走过的足印
辛劳馈赠的纪念章

秋　水

天上坠下几颗星星
涟漪就在你眸中转动

贝　壳

一个坚硬的外壳
里面　一块柔软的肌肤

筷　子

将佳肴送给嘴巴
总免不了受牙齿的反咬

需　求

白云将纯洁献给蓝天
蓝天为了自己
将白云撕成雨点

雏　鸡

主人喂养你
是为了最后的美餐

愚　善

给明智者
一个提高的机会
对愚昧者
多了一次投机

谈论别人的时候，也暴露着你自己。

发表于《军工报》1991年7月20日

苍蝇的本能，便是在嗡嗡嚷嚷中，表明自身的存在。

发表于《军工报》1991年11月9日

第六章——童心涂鸦

母亲的爱
雪花娃娃
柳　絮
杨　花
花　蕾
……

母亲的爱

小时候
母亲把爱写在脸上
亲一下，笑嘻嘻

长大了
母亲把爱装入书包
背上它，乐滋滋

离开家
母亲把爱夹进烙饼
咬一口，甜蜜蜜

写于12岁

雪花娃娃

撑着小伞
告别妈妈
朝人间出发
男孩说，快点快点，抓住她
妮妮笑了，轻轻，别吓坏她

写于8岁

柳　絮

一串串绿色的音符
撒满脚下的路
小心蹲下去轻轻捧起
毛茸茸是春的眼睛

写于9岁

杨 花

一排排白杨
多像我的小伙伴
不停地吐着泡泡
等风儿一吹
摇头晃脑，满地跑

写于8岁

花　蕾

把妈妈的希望
举得高高
等待第一声春雷
开始美丽的生活

写于10岁

草　坪

是谁，在原野上
铺了一条绿地毯
这么大
冬天在哪儿保管

写于9岁

落　叶

托着金黄的笑脸
捎来秋婶婶一封信
让勤劳的爷爷看了
做一个甜甜的梦

写于13岁，系作者处女作

再见，1989

是谁，用大笔
画出了雄鸡
浓缩成神州大地

大地上的人们
从冬到秋
送走月亮
追赶太阳
岁月匆匆中
迎来1990

理想在生长
希望正飞扬
改革开放在闪光
当分分秒秒迎来台历
人们欢呼再见，1989
让所有快乐继续成长
让1990更有华章

拥抱自己

走了365个夜昼
昨天
一个胆小怕事的自己

告别1989
我挑起祖国交给的重担
拥抱1990，就是拥抱自己
让思想延伸成武器
去解生活中道道难题

十三岁就像昨天
忽然又觉得好遥远
对自在的思恋
我的少年有些想玩
笑着与少年握手再见
去拥抱青春的风景线
要想少一份遗憾
这边，就要多一些磨炼

发表于《咸阳报》1990年1月1日

大山的童话

古老的村庄
有一个大山的童话
那一年
太阳休病假
连月亮，星星也回了家

地上不见鸟兽
空中不见蜂蝶
天整日哭泣
田庄就要被淹没
大山急得挺起腰杆
四处寻看
一只鸟儿正孤孤单单

大山将一棵仙草交给小鸟
让小鸟送给太阳

太阳得到仙草后，病情好转
大山心里才轻松了一点
一日，大山发现自己脚下
躺着一只死鸟

大山知道鸟是为了任务牺牲
大山大哭了好久，好久
连雄壮的肩也变瘦

为了永久地怀念
大山便给小鸟隆重安葬，堆坟
把仅仅剩下的一棵仙草
插在墓上，长出草地，保护田庄

没多久
坟旁长出了许多珍奇的树
郁郁葱葱，一直蔓延
覆盖了大山，村庄和城市

蜂蝶翩翩起舞，大地郁郁葱葱
太阳朝气蓬勃，年轻美丽
人们欢天喜地

大山禁不住对太阳说谢谢
太阳却说，没有你的绿装
我也是痛苦模样

大山想了想，反思自己之前
将所有绿装让人们拿去建设造房
导致太阳重病一场
大山决定，正当防卫
不让人们将绿装剥光

在一个雷雨交加的晚上
大山和兄弟们安排好各自工作
阻挡风沙，保护地球

写于15岁，发表于《东方少年》1985年第3期

勇敢少年

去两条肋骨
一条插成黄河
一条插成长江
让心潮随激流猛涨
把怯懦摔碎
只顾卷进海底
与泥沙等待下一个汛期

写于15岁，发表于《延安文学》1994年第5、6期合刊

母亲的颜色

祖国是母亲
我是儿子
多少个春秋在您怀里
吮吸着甘甜的乳汁
但未见您完整的躯体

我曾乘上飞机
透过望远镜
仍看不全您的身体
我曾询问老师
他用粉笔绘只雄鸡

于是，我去拜访春季
绿的山岗
绿的森林
那战士身上的绿云
——母亲是绿色的

我来到夏季
红的花瓣
红的霞光

那钢花飞溅在火红的炉膛
——母亲是红色的

我又探望秋季
金黄的落叶
金黄的月亮
那农家米酒的金黄
——母亲是金色的

我再匆匆赶到冬季
银的冰霜
银的河床
银色的火箭从发射架上飞起
——母亲是银色的……

虽已疲惫，可我内心欢喜
看见了
母亲的颜色
五彩斑斓
璀璨美丽

写于1985年暑假，首发于《当代中学生》1988年3期，后入选中学教材等

十月抒怀

祖国是母亲
母亲爱编织
编出了她的春秋
编出了永远的春天
花儿争艳
阳光灿烂
五千年的智慧
在岁月里闪烁，倾听
两个文明的音符
伴随着中国特色的旋律

历尽千险
吃尽万苦
曲曲折折架起了龙的骨架
迎来扬眉吐气的儿女
挺胸抬头

母亲拥有年轻
她掌握马克思主义
她描绘四化宏图
她任国际风云翻涌

她毅然率领亿万儿女
走富民强国之路
路上荆棘鲜花
母亲用博大的胸怀收集

儿女们紧随母亲
放声歌唱
撒开手臂播种
幸福的生活
明年的国庆，您好

发表于《咸阳报》1989年10月1日

小小的我

是谁，踏响
梦的节拍
一步一步
通向心径
当一种感觉靠近
站久的门槛
思绪又乱成一片

那只从娘怀抱
起飞的燕子
在辽阔的天空
弱不禁风
噢，爸爸
您的宝贝还没长大

心　愿

冒着严寒
蹲在春天，我堆起雪人
南方的太阳啊
别过早来临
别融化我的雪人

去年的今天
起风了，我的故事和幼苗一样
摇摇摆摆
太阳落了
我急得直哭
月亮出来了
我又傻乎乎坐在地边
渴望一片成熟

多变的位置

你在大山中学写生
我在石头上想童话

你说开满鲜花的路不止一条
我说宇宙间有许多小太阳

你寻找儿时的梦想
我睡在铺雪的地上
春风吹来
惊讶时你蹲在我的位置上
苏醒时我躺在你的图画旁

咱俩笑了——
生活原来是这样

此诗参与1988年10月由《北京青年报》、香港《诗世纪》、首都中学生诗社等发起的“中外华人中学生诗歌大奖赛”并获奖。大赛由艾青、臧克家、刘明厚、刘湛秋等担任评委。获奖词是：“诗小哲理大，年少才情高。”

写给花蕾的情书

我不敢
不敢靠近你
恐怕
恐怕一股热气
惊动你静静的明眸

我不敢
不敢靠近你
恐怕
恐怕刚健的脚步
震落你拥有的露珠

然而，我多想
多想走近你
可是我没有一把尺子
不知走到哪里恰到好处

我只能远远地
看你是一弯湖水
看你是芙蓉出水

我多想
又不敢走近你
快来一点风吧

即使摇落一颗露珠
我就敢
就敢跑过去

1989年3月3日写于长武

相关评论

新诗出高境　童真守初心

——赵常丽的诗歌创作之路暨情感探微

老树/文

听说赵常丽在母校和发小等的关注下，从今年起要陆续推出自己的一部部作品专集。这是她继18岁之前的作品专集《永远的屋子》后又一次的艺术升华。我感到非常高兴。虽然她已经沉默了近30年，但是在陕西文学艺术界，赵常丽似乎永远是有名的女诗人。她的诗清新淡雅、纯真秀美、热情奔放，意趣隽永，文思细腻，富含童心和灵动的哲理，为广大诗歌爱好者所钟爱。

出口作诗：小顽童有才思

她生于诗词之乡陕西长武县，伴随着诗人节的灵气，1968年的端午节，她发出第一声啼哭。她在书香之家成长。8岁那年，还是小学二年级的赵常丽在与同学课间嬉戏中出口成章，咏出了她人生第一首小诗《雪花娃娃》：

撑着小伞
告别妈妈
朝人间出发
男孩说，快点快点，抓住她

妮妮笑了，轻轻，别吓坏她

这一幕喜坏了时任班主任的语文老师赵武德，他立即把这首溢满童趣的小诗登上了黑板报。不经意间，这位懵懂的小女孩便走进了诗歌百花园。读初中一年级时，赵常丽在周记中写下了小诗《落叶》：

托着金黄的笑脸
捎来秋婶婶一封信
让勤劳的爷爷看了
做一个甜甜的梦

《落叶》引起班主任王俊周老师的注意，将其推荐给《小记者报》并得到发表。这一年，她才13岁，成为远近闻名的小诗星。

迎接高考：错过大奖竟不知

读高一时，她写下一首爱国小诗《母亲的颜色》：

祖国是母亲
我是儿子
多少个春秋在您怀里
吮吸着甘甜的乳汁
但未见您完整的躯体

我曾乘上飞机

透过望远镜
仍看不全您的身体
我曾询问老师
他用粉笔绘只雄鸡

于是，我去拜访春季
绿的山岗
绿的森林
那战士身上的绿云
——母亲是绿色的

我来到夏季
红的花瓣
红的霞光
那钢花飞溅在火红的炉膛
——母亲是红色的

我又探望秋季
金黄的落叶
金黄的月亮
那农家米酒的金黄
——母亲是金色的

我再匆匆赶到冬季
银的冰霜
银的河床
银色的火箭从发射架上飞起

——母亲是银色的……

这首小诗在《当代中学生》杂志上发表后，立即被人教版、苏教版《中学生优秀作文选》转载收录。

高中二年级，她写出了一首思考人生的哲理小诗《多变的位置》：

你在大山中学写生
我在石头上想童话

你说开满鲜花的路不止一条
我说宇宙间有许多小太阳

你寻找儿时的梦想
我睡在铺雪的地上
春风吹来
惊讶时你蹲在我的位置上
苏醒时我躺在你的图画旁

咱俩笑了——
生活原来是这样

这首小诗参加了1988年10月由《北京青年报》、香港《诗世纪》、吉林《诗人》、首都中学生诗社等联合发起的国际诗歌大赛，并荣获由艾青、臧克家主持颁奖的“中外华人中学生诗歌大奖赛”好诗奖。著名诗人刘明厚和刘湛秋给出的评语是“诗小哲理大，年少才情高”。

可惜，当组委会通知她去北京领大奖时，父亲怕耽误她高考，又没有名利意识，于是未去领奖。后评委们只好把获奖证书和作品集寄了回来。

这么重要的大奖和名家赞誉，她憨厚质朴到浑然不觉。年近半百，才从母校老师和同学那里得知其分量和信息。

多次深造：凤凰涅槃有恩师

她用童心写出的诗歌，毫无作秀名利之想，却迎来了无数名家和读者对她的关爱。

1992年，在恩师耿翔老师的鼓励帮助下，她的诗集《永远的屋子》正式出版。著名作家白描先生读了大加赞赏，把这本充满童趣本真的诗集推荐给中国现代文学馆收藏；江苏省社科院苏爱华教授欣然写出学术评析论文《小荷才露》，从多角度评价她的诗作；后一些学术网站也转发了她的诗作。

回看赵常丽的诗歌成长之路，我们不能不叹服造化的美妙：一次课间嬉戏，小学语文老师成就了她的懵懂传奇；一篇应景的周记，初中班主任发现了她的天赋；一首无意的参赛小诗，引发蜚声文坛的著名诗人慧眼识金。

从此，大家点燃了她艺术飞翔的天空。

从此，中国新诗创作队伍里有了一个赵常丽。

由于父亲的严加管教，赵常丽的为人和她的作品一样质朴有内涵。从来不借光泰斗导师，也从来不张扬自身才情。

她之前的作品充满诗情画意、唐诗宋词的唯美浪漫，甚至小资情调。现在的作品更加关注粮食、大地、蚂蚁和民生，接地气、含灵气。熟悉赵常丽的人都知道她经常触景生情，现场作诗。这一切都与她读书万卷、厚积薄发相关。

赵常丽求学期间，过着几乎是苦行僧般的生活。父亲和她慎独的学习训练，家喻户晓，让人敬佩。

当时流行牛皮纸封面的工作笔记，她日常练笔两周就能写完一本日记。在成才之路上，她放弃高亲和导师在大城市的工作安排，放不下老家父母，选择了自强生活之路。

尽管拿着西北大学汉语言文学本科学历，但在哲学、医学、法律、情报和行政管理等知识领域，师从中国泰斗级人物，见多识广，但这些她至今不愿公开提起。

家国情怀：致力公益写华章

在选择工作时，赵常丽得到了505集团来辉武总裁的赏识重用。因为父亲全国劳模的身份和她自身优秀的表现，长武县破格招录她为编制内行政干部，她竟然二次选择放弃大好的机关工作机会，在大浪商海一拼搏就是10多年。

她先后担任505集团秘书处处长、办公室主任、宣传部长等职务，从一名文艺青年成长为企业高管人才。其间，三进西北大学、两进南京大学接受进修学习，在北京大学、北京鲁迅文学院等知名学府参加写作和管理培训，用知识武装自己。受泰斗级导师教导熏陶，她凤凰涅槃，化羽成蝶，不断升华。供职国际知名企业，也练就了她忠诚担当、敬业奉献、厚德载物、与人为善的职业操守。

1995年，她荣获全国“中华绿荫爱心妈妈”的称号，扶残助老，兴学支教，致力建设新农村乡贤文化，献身于社会公益服务。

也许这一切，正是成就她源源不断产生新作品的动力，在大关注下的大视野里的与众不同、新鲜活力、历练境界成就了她诗歌创作题材的大美、大善和真诚的情怀之魂。让她从深闺走向社会舞台，直面生活，远离那些风花雪月、自我矫情、诉说小家的祥林嫂式的文人作品和写作调子。

赵常丽的才情是与众不同的，但她也是一个普通的妻子和母亲。她为了家庭一度自我牺牲，辞去高薪工作，回家相夫教子，因为生计在西安《城市金融报》等兼职。艰辛的婚姻生活，为她后来井喷式的诗歌创作，注入了丰厚的内涵。正如著名诗人耿翔的赞美：赵常丽的诗歌艺术是一个多维空间，大气而有社会责任，她具备一个好作家的担当意识和家国情怀，走出了小女人喋喋不休的自我标榜和情感纠结。

她在咸阳日报社从记者到编辑，从编辑到《秦商》主编，一路走来，已经成为新闻战线上的行家里手。2012年获得“咸阳市优秀新闻工作者”称号。她策划的《丝路花语》《咸阳茯茶》等许多特色刊物，在政府和商界有口皆碑。

在繁忙的新闻路上，她依然潜心创作了很多脍炙人口的诗歌。或感恩家乡，或热爱单位，或抨击现实，或忧思教育，每一篇诗文都让读者为之动情，为之流泪，为之反思。如《有一处美景叫天蓝蓝，五月就看浅水塬》《中国好母亲》《神奇的大柳树》等，文思泉涌，佳作不断。还有近来新作《城外音》《我们的爱更像什么》《阅读永寿》《长安也故乡》等，更令人拍案叫绝。

身为作家诗人和优秀新闻工作者的赵常丽，她时时刻刻懂得笔为民想，心念民生，情为民洒。诗歌永远是她灵魂的家园，我们期待她永远自由飞翔的诗歌翅膀，时时为读者带来佳作，童趣不改，诗心永在。

（作者简介：老树，男，毕业于陕西师范大学中文系，主攻文艺学诗词研究。本文写于2017年端阳节。）

小常丽的诗如清泉，自然温馨又奔放，有时候像小猫、小兔子，更像只小猴子机智灵巧，充满活泼可爱，又有莲心禅意，像个小天才。

——徐放（著名诗歌评论家，原在《人民日报》工作）

诗心如芳草般茂盛，纯情如朗月般皎洁。清澈明丽的文字散发着沁人的幽香，繁过五月的夏花。天籁一样的歌唱，充满玄思，直抵人心灵深处。

——王芳闻（著名诗人，凤凰网陕西频道文化主编）

别样青莲，清新脱俗碧连天。细密处如出水芙蓉，天然雕饰。处在黄土地，想着江南茶。文雅宜人，莲心幽幽，本性高洁。

——苏爱华（《江海诗词》原主编）

在这个处处弥漫浮躁喧嚣的市场下，赵常丽的文字却始终有着诗一般的唯美与安静，更多的还有清澈与纯粹。这种出浊而不染的清洁高雅，映射出的是她纯真与归真的内心世界，也是一个真正热爱文字女子的心境情怀。

——陕西宝鸡文友苏咏梅

永远的屋子

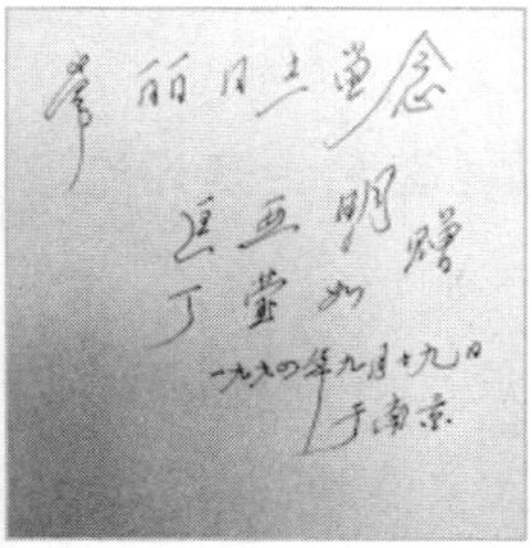

一颗
诗心
处处祥

人间充满爱意 愿世界共存善心
赵常丽
中华绿荫儿童村
一九九五年六月十二日

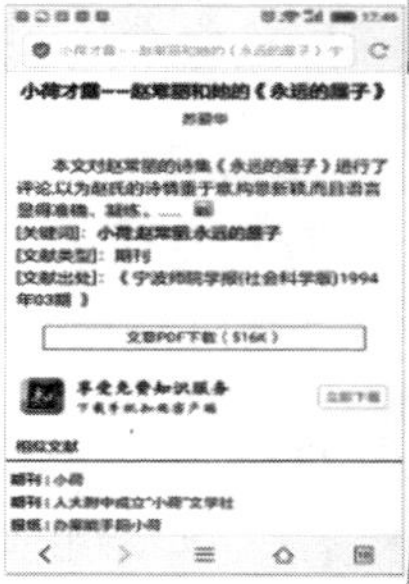
小荷才露——赵常丽和她的《永远的屋子》
[关键词]: 小荷;赵常丽;永远的屋子
[文献类型]: 期刊
[文献出处]: 《宁波师院学报(社会科学版)》1994年03期
相似文献

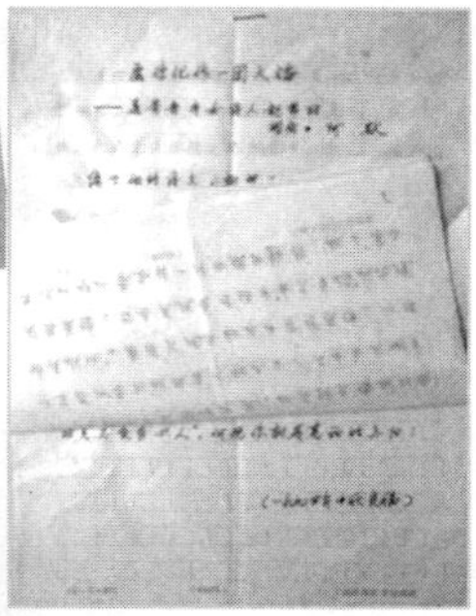

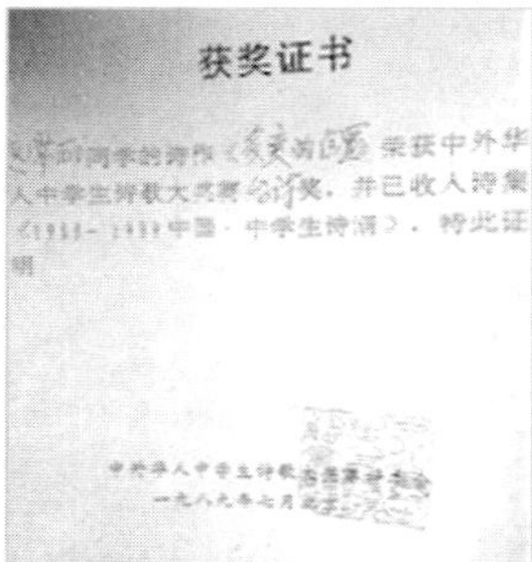
获奖证书

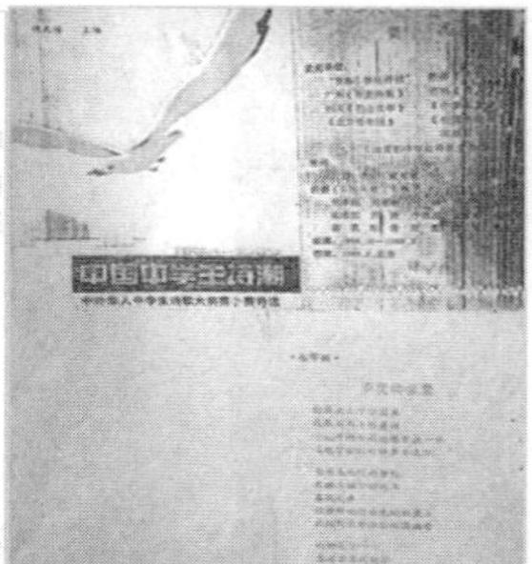
中国中学生诗潮

时光留影

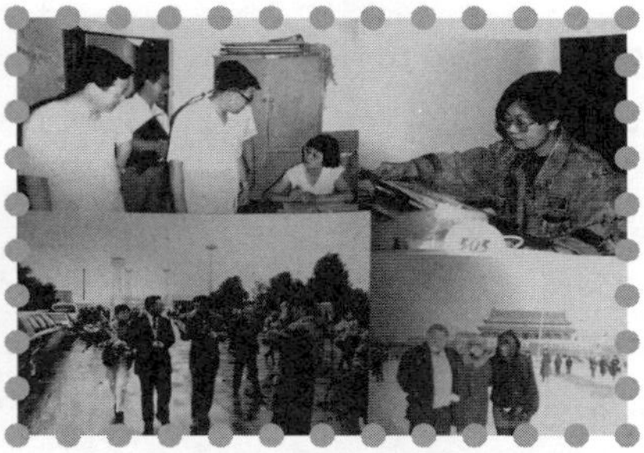